親愛的老鼠朋友，
歡迎來到太空鼠的世界！

U0106147

這是一個在無盡宇宙中穿梭冒險的科幻故事！

親愛的老鼠朋友們：

我有告訴過你們我是一個科幻小說的狂熱愛好者嗎？
我一直想寫一些發生在另一個時空的冒險故事……
可是，所謂的**平行宇宙**真的存在嗎？

就這個問題，我諮詢了老鼠島上最著名的伏特教授，
你們知道他是怎麼回答我的嗎？

他說根據一些科學家的研究發現，我們所處的時空和
宇宙並非唯一的。世上**還存在着許多不同的時空和宇宙空
間，甚至有一些跟我們相似的宇宙存在呢！**在這些神秘的
宇宙空間，或許會發生我們無法預知的事情。

啊，這個發現真讓鼠興奮！這也
啟發了我，我多希望能夠寫一些關於
我和我的家鼠在宇宙中探索新世界的
科幻故事啊！而且，我想到一個非常
炫酷的名稱——**星際太空鼠！**

伏特教授

我們能夠在銀河中遨遊！一定能讓其
他鼠肅然起敬！

Geronimo Stilton
星際太空鼠

謝利連摩·史提頓

賴皮·史提頓

菲·史提頓

馬克斯·坦克鼠
爺爺

機械人提克斯

班哲文·史提頓
和潘朵拉

銀河之最號

太空鼠的太空船艦，太空鼠的家
同時也是太空鼠的避風港！

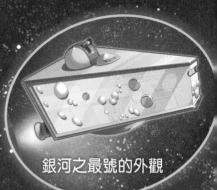

銀河之最號的外觀

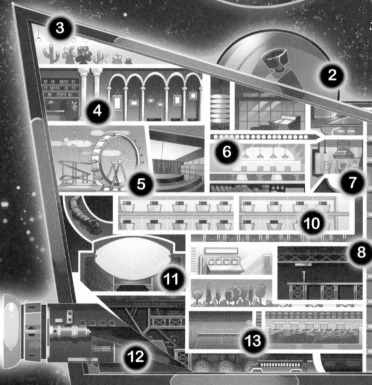

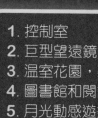

星際太空鼠 9

非常太空任務
PERICOLO SPAZZATURA SPAZIALE!

作　　者：Geronimo Stilton　謝利連摩·史提頓
譯　　者：顧志翔
責任編輯：胡頌茵
中文版封面設計：陳雅琳
中文版內文設計：羅益珠
出　　版：新雅文化事業有限公司
　　　　　香港英皇道499號北角工業大廈18樓
　　　　　電話：(852) 2138 7998　傳真：(852) 2597 4003
　　　　　網址：http://www.sunya.com.hk
　　　　　電郵：marketing@sunya.com.hk
發　　行：香港聯合書刊物流有限公司
　　　　　香港新界大埔汀麗路36號中華商務印刷大廈3字樓
　　　　　電話：(852) 2150 2100　傳真：(852) 2407 3062
　　　　　電郵：info@suplogistics.com.hk
印　　刷：C & C Offset Printing Co., Ltd.
　　　　　香港新界大埔汀麗路36號
版　　次：二〇一八年四月初版

www.geronimostilton.com
Based on an original idea by Elisabetta Dami.
Cover Design: Flavio Ferron, adopted by Sun Ya Publications (HK) Ltd.
Art Director: Iacopo Burno
Graphic Project: Giovanna Ferraris / TheWorldofDOT
Illustrations: Giuseppe Facciotto, Daniele Verzini
Artistic Coordination: Flavio Ferron
Artistic Assistance: Tommaso Valsecchi
Graphics: Francesca Sirianni

ISBN: 978-962-08-6994-5
© 2015, 2016 by Edizioni Piemme S.P.A. Palazzo Mondadori, Via Mondadori, 1- 20090 Segrate, Italy
International Rights © Atlantyca S.p.A. Italy
Traditional Chinese Edition © 2018 Sun Ya Publications (HK) Ltd.
18/F, North Point Industrial Building, 499 King's Road, Hong Kong
Published and printed in Hong Kong

9

非常太空任務

謝利連摩·史提頓
Geronimo Stilton

新雅文化事業有限公司
www.sunya.com.hk

目錄

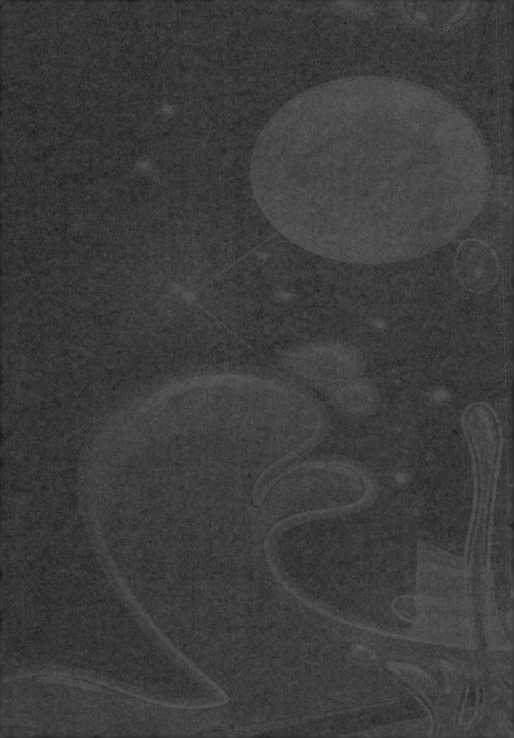

如果我們能夠穿越時空……

如果在銀河的最深處有這樣一艘太空船艦，上面居住的全部都是老鼠……

又如果這艘太空船的艦長是一個富有冒險精神又有些憨憨的老鼠……

那麼他的名字一定叫做謝利連摩・史提頓！

而我們現在講述的就是他的冒險故事……

那麼，你們準備好了嗎？

快來跟着謝利連摩一起去星際旅行，穿梭神秘浩瀚的宇宙吧！

全面檢查？太可怕了！

事情發生在一個寧靜的周一，我們在太空中航行，沒有一點干擾，沒有來自**外星人的信息**，也沒有發現未知的行星需要探索。

總之，就是非常順利的一天，這樣的日子也許有好幾個**星期**都沒有遇到了，不，也許是好幾個**月**，也許是好幾**年**了！

在控制室裏，我剛打算放平我的座位，把機器切換到自動巡航模式，然後休息一下，這時突然……

嗶！嗶嗶！嗶嗶嗶！

這**討厭**的響聲是什麼一回事？

我看了看面前的顯示屏，這才注意到我的**數碼記事本**上顯示了我今天有一個提醒事項。

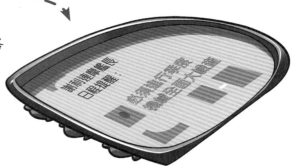

我的宇宙乳酪呀，我居然把這件重要的事情**忘記**得一乾二淨了！

啊⋯⋯對不起，我還沒有做自我介紹：我的名字叫史提頓，**謝利連摩·史提頓**，是「銀河之最號」的艦長（儘管我的夢想其實是成為一名作家！），而「銀河之最號」則是全星系最炫酷的太空船。

言歸正傳，我們剛才說到：我的數碼記事本提醒我是時候要**全面檢查**一下太空船

的機械零件了。

　　這也就意味着我得徹底走遍「銀河之最號」上的每個角落，並且要逐一仔細**檢查**發動機房、鍋爐房、垃圾處理室等等。

　　私底下告訴你們，這種檢查讓我*感到不安，非常不安，甚至是宇宙無敵超級不安！*

　　什麼？你們想知為什麼機械檢查會讓我感到害怕？不是的……問題不在於那些**機械**的東西，而是……布魯格拉·斯法芙，她是我們船艦上的機械工程師，而且也是整個「銀河之最號」上，不，是整個星系*最有魅力*的女太空鼠！事實上……嗯……我只要一見到她，就會四肢發軟，話也說不出來，**腦中一片空白。**

正當我滿腦子都是布魯格拉的時候，船艦上的電腦——全息程序鼠，對我說：「機械工程師**布魯格拉·斯法芙**正在等你一起去進行船艦的季度機械全面**大檢查**！」

一個**寒顫**一直從我的腳底蔓延到我的鬍鬚……我**起身**準備離開，但我的四爪變得比陳年乳酪**更重**，而且我的膝蓋開始不聽使喚地**顫抖**……

15

坐在我旁邊的表弟賴皮正在和電腦玩**太空跳棋**，當他看見我的表現時，問道：「啫喱，你怎麼了？你看起來**糟透了！**」

「沒事，我這就去……」我回答說。

他有些幸災樂禍地微笑着，然後將我一把從椅子上拉起來，說：「嗯……看來這裏有鼠**很害怕**和布魯格拉獨處呢，我說的對嗎？」

加油，表哥！

面紅耳赤

賴皮**推着**我走向控制室的門口，說：「表哥，你一見到布魯格拉就變得**面紅耳赤**！**幸好**有我在這裏幫你！快點，我們去吧，別讓她等太久了！」

啊，不會吧！賴皮想要陪我一起去給太空船進行檢查⋯⋯據我對他的了解，他一定會讓我更**難堪**的！

但是，就在我打算回絕的時候，表弟一把拽住我的手臂，按下了**噴氣電梯**控制面板的按鈕，並將我塞了進去，那是一個巨大的玻璃管道，通過強大的氣流將乘客**彈射**到船艦

上指定樓層的裝置。

　　由於我要去「銀河之最號」的下層，因此來自上方的氣流將我整個鼠**吹翻**之後，將我向下推去：僅僅一秒鐘的功夫，我的鼻子就撞到地面⋯⋯**我的太空流星呀**，怎麼我每次使用噴氣電梯也沒法好好地着陸！

　　正當我準備起身的時候，突然⋯⋯

　　賴皮如同一顆隕石一般重重地砸到我的身上！

　　「哦⋯⋯對不起，謝利連摩！」

嘻嘻！

哇啊！

當我正在努力地**掙脫**表弟的重壓時，一把溫柔的<u>女性</u>聲音在我的耳邊響起。

「**艦長**？到底發生什麼事了？」

在我面前的不是別的鼠，正是……**布魯格拉‧斯法芙！**

艦長先生？

唉喲！

我的宇宙乳酪呀，真是太丟臉了！

我趕忙狼狽地從地上爬起來，想要說說什麼來緩解一下尷尬的氣氛，但是在那雙藍色的**大眼睛**，一頭紫色的頭髮，以及那夢幻般的微笑面前，我所有的想法都像太陽底下的**乳酪**一般融化了！

幸好，這時有賴皮替我解圍，他對着我眨了眨眼睛，然後說：「嗯……噴氣電梯裏的**氣壓**似乎有些問題，讓我們失去了**平衡**！」

布魯格拉有些疑惑地看着我們說：「啊……看來我一會兒得查看一下了，那麼艦長先生，現在我們可以開始去進行檢查了嗎？」

進行檢查了嗎？

我結巴着説：「**不，不……我……是的**……」

賴皮嫌棄地瞥了我一眼，也許他是對的：我不能總是這樣一副**傻乎乎**的樣子！

於是，我清了清嗓子，然後用非常**肯定**（也許吧）的口吻説：「我們已經準備就緒了！」

這下賴皮滿意地看了看我，然後説：「好的，那麼我現在就回**控制室**了，回頭見，表哥！」

於是，在布魯格拉的帶領下，我們一路**走着**去檢查「銀河之最號」的各個地方，同時她還向我解釋了各種設備的每一個機械的部件功能和技術。

當然，我聽得**一頭霧水**，但是我仍然

希望這次檢查能夠一直進行下去……我希望能夠永遠追隨着這把如此**富有磁性**的聲音，無論是到宇宙的哪個角落！

在檢查了最後一個**宇宙空氣**淨化器之後，布魯格拉對我説：「好了，艦長先生，以上檢查完畢了！」她的這句話如同將我從一場美夢中驚醒過來一樣。我有些**疑惑地**看了看四周，嘀咕着説：「哦……我想一切看上去都挺正常的！」

布魯格拉**笑着**説：「如果你還有什麼問題的話，隨時可以來找我。」説完，她握了握我的手爪，然後便離開了。我就站在原地，臉紅得像是一隻**天王星番茄**一樣，**激動**得快要暈過去了！

記住……一定要準時！

我一回到**控制室**，賴皮馬上就問道：「表哥，檢查進行得怎麼樣？」

我吸了口氣說：「很順利！而且，布魯格拉還握過我的**手爪**……」

「那下次檢查是什麼時候進行？」

「六個**星際月**之後……」

「那麼久？」

「是的……不過有什麼着急的呢？我反正還可以寫我的書……」

賴皮**搖了搖頭**，然後狡黠地看着我，我有種不祥的預感。

「**怎……怎麼了？**」我問道。

表弟拍了拍我的肩膀問道：「啫喱，不如我們今晚一起吃**晚飯**，好嗎？」

我回答說：「謝謝，但是不用了……」

他堅持說：「來吧，我們可以讓史誇茲大廚準備一份天狼星**火鍋**來大快朵頤！」

嗯，確實，我們船艦上的**史誇茲**大廚調配的火鍋非常美味！

我便同意說：「好吧，你說服我了！畢竟填飽肚子之後應該會有更多**寫作**靈感！」

「那我們就八點鐘在宇宙亞米餐廳見吧。記住……一定要準時！」

賴皮的邀請讓我感到有些詫異，不過我已經習慣了他總愛提出一些奇怪的想法……以及他的那些**花言巧語**了！

在我回到自己的房間之後，奇怪的狀況接二連三地出現：**機械鼠管家**直接把我一把提起到專門為太空鼠洗澡的**閃亮泡泡機**前！

　　我急忙**反對**說：「等等……放開我！」

　　但是，機械鼠管家完全沒有理會我，一會兒工夫，那台**機器**已經為我洗刷完肥皂，沖洗乾淨並且吹乾了！

　　接下來，在**穿衣服**的時候，機械鼠管家對我說：「艦長先生，我建議你可以穿上這一套**晚禮服**，並且搭配那條印有銀河系花紋的**領帶**。」

先在閃亮泡泡機裏洗澡……

再穿上晚禮服……

我不解地問道：「晚禮服？我又不是去參加星際舞會！」

但是，機械鼠管家堅持說：「你的表弟**特地囑咐**我一定要給你隆重的打扮！」

「什麼？但你是**我的**機械鼠管家，應該聽**我**……」

話音未落，機械鼠管家已經走過來把晚禮服套在我的身上，並為我噴上了維嘉星山羊乳酪**香水**！

嘶嘶！

最後噴上香水！

它匆忙地給我打扮一番之後，就把我**扔出**房間，高聲呼喊說：「艦長先生，請快一點，你快要遲到了！」

　　我步行出去，打算叫一輛太空的士，心裏還想着為什麼賴皮會讓我穿成這樣……突然一把年輕的聲音叫住我：「**嗜喱叔叔**！你今天打扮得好隆重呀！」

　　說話的正是我最喜歡的小姪子**班哲文**，在他的身邊站着他的好朋友**潘朵拉**！

　　「孩子們，你們好！我現在去和賴皮一起吃晚餐……」

　　他們**相視而笑**，並且眨了眨眼睛說：「是的，我們已經知道了，對了，你能不能把這個也帶上？」

　　班哲文遞給我一盒包裝成螺絲形狀的羊奶味**巧克力**。

「你們⋯⋯**確定？**」我疑惑地問道。

「是的，是的，是⋯⋯嗯，他遺留在遊戲室裏的！快點，叔叔，我可不想你讓⋯⋯嗯⋯⋯賴皮等太久了！」

兩個孩子就這樣古靈精怪地笑着走開了，我目送他們離開，感到**一頭霧水**，這有什麼可笑的？

我來到**宇宙亞米餐廳**的時候，史誇茲大廚已經在門口等着我了：「歡迎光臨，**艦長先生**！賴皮讓我告訴你他要稍遲一點到⋯⋯這邊請，我給你安排了裏面的座位！」

史誇茲將我帶到餐廳後面的一間包廂裏，房間裏有着一扇巨大的**落地玻璃窗**，可以盡覽一片美麗的**銀河星空**美景。

我驚訝地問：「你確定這是我們的桌子？可是⋯⋯我只是和賴皮吃頓飯，好像沒有必要

那麼隆重吧……」

「**當然**，艦長先生！」史誇茲大廚一邊回答說，一邊點亮了餐桌上的蠟燭。

我的宇宙乳酪呀，還有蠟燭？這到底是怎麼回事？怎麼大家今天都表現得那麼**奇怪？**

星空下的約會！

過了一會兒，我聽到了一陣**沙沙聲**傳來，當我回過頭來的時候，看到了……布魯格拉·斯法芙！

我的心一下子跳到了嗓子眼：她今晚打扮得*很漂亮*，不，實在是*太美了*，簡直是*美得不可方物*！

她的那件晚禮服在星光的照耀下**閃閃發光**，她的雙眸如同寶石一樣**璀璨**！

可是……等等！她怎麼會來**這裏**？

怎麼……菲呢？

我們兩個**面面相覷**，然後異口同聲同時問道：

「怎麼……**賴皮呢？**」

「怎麼……**菲**呢？」

直到這時我才明白：我那個狡猾的表弟表面上讓我以為是和他一起共晉晚餐，**實際上**卻是幫我約了布魯格拉！難怪他會要我**穿禮服**！

怎麼……賴皮呢？

而我的妹妹菲應該也是把**布魯格拉**蒙在鼓裏，所以她才會一直嘀咕着：「難怪菲一定要我穿得那麼*隆重*……

　　還有，這就能解釋為什麼班哲文和潘朵拉會給我**一盒**山羊乳酪味的巧克力：這一定是給布魯格拉的**禮物**！想到這裏，我的心跳得飛快，將盒子遞了過去。

　　「這是……嗯……給你的禮物……」

　　她對了我笑了笑，而我的臉一下子漲得

通紅！

　　隨即我想起了和女士共晉晚餐的禮儀，於是我***趕緊***拉開椅子，請布魯格拉入座。

　　「你可真是一位*紳士鼠*啊，艦長先生！」美女鼠一邊坐下來，一邊説道。

　　紳……紳士鼠？聽到這句稱讚的話之後，

我整個鼠彷彿快要**融化**了……

在我自己也坐下之後，我有些尷尬地說：「嗯……外面的景色真是漂亮！」

布魯格拉**微笑**着回答說：「是的，不得不說賴皮和菲的安排挺不錯的！」

過了一會兒，**史誇茲**大廚走進來，對着我眨了眨眼睛，然後說道：「以下是為兩位準備的特別晚餐**菜單**！」

英仙座番茄湯配天王星煙燻乳酪；

油炸巴馬臣乳酪配維嘉星羊奶乾酪汁；

銀河系四大乳酪沙律；

月亮乳酪冰淇淋

啪嗒！

在經過了一陣子**尷尬**的冷場之後，布魯格拉開口問我：「艦長先生，其實你對**科技**這些的東西並不感興趣，對吧？那麼你真正的愛好是什麼呢？」

「嗯……事實上，我真正的愛好是……**寫作！**」

布魯格拉笑着說道：「真是**很棒**啊！你能多告訴我一些關於你的愛好嗎？」

我的宇宙小行星呀！我真是太激動了！

我深深吸了一口氣，然後回答她說：「是這樣的，我……正在寫一本**小說**，題目叫……」

我的話音未落……

啪嗒！

突然，有一團**滑膩膩**又**黏糊糊**的東西砸在我們面前的落地玻璃上！

我決定無視這團東西：不管發生了什麼事，也不要來打擾我的*浪漫*晚餐！

於是，我繼續說道：「嗯……我剛才說到，我正在寫一本關於我們太空鼠的小說，現在才剛剛開始動筆沒多久……」

聽到這些奇怪的聲音，我和布魯格拉不約而同地轉過頭來，而眼前的景象，讓我們吃驚得瞠目結舌：外面漫天滿布大大小小的物體，正以極快的速度飛向我們的太空船，只見其中有些東西已經**撞上**「銀河之最號」了！

我的太空乳酪呀，這到底是怎麼一回事？

這時，船艦上的主電腦——全息程序鼠的影像就**出現**在我們的眼前，高聲呼喊道：

「**黃色警報！**
黃色警報！
黃色警報！」

黃色警報？這就意味着船艦發生了**緊急情況**、**危險**或**災難**！

全息程序鼠繼續說道：「我們正在穿越一片不明物體**密集區**，請各位迅速回到**控制室**！」

真是太不幸了，為什麼偏偏是在我和布魯格拉共晉晚餐的時候發生狀況！

我**歎了一口氣**，然後說：「對不起，

布魯格拉……看來我得**先走了**……」

　　布魯格拉回答說：「沒關係的，艦長先生，我陪你過去吧！我也去看看那些到底是什麼東西。」

　　於是，我們一起乘搭**太空的士**迅速來到控制室。

　　門一打開的時候，所有鼠都轉過頭來**看着我們。**

賴皮和菲搗着嘴開始笑起來，班哲文和潘朵拉互相眨了眨眼睛，而馬克斯爺爺則用他一貫的大嗓門衝着我呼喊道：「**笨蛋孫子**！你怎麼會穿成這樣？別告訴我你在我們**太空船**遇到大量太空垃圾的時候正在參加晚宴！」

　　「嗯……你好，爺爺！」

　　「為什麼每當出現**緊急狀況**的時候你都不在自己的艦長的座位上指揮呢？真想不通我當時怎麼會任命你為艦長的！」

　　這時布魯格拉開口説話了：「請不要責怪他，**馬克斯上將**！你的孫子剛才和我在一起吃晚餐！」

　　面對着美女鼠的時候，爺爺的態度立刻來

了一百八十度的轉變：「哦……請原諒我的魯莽！你也知道，我的孫子有時候**缺乏管教**，所以必須常常提醒他！」

簡直令人難以置信！布魯格拉竟然在為我說好話，而爺爺在此之後明顯對我的態度**緩和**了許多！

她回答說：「是的，我明白！我們還是先說重點吧：剛才你提到什麼大量的**太空垃圾？**」

爺爺回答說：「是的，太空垃圾……而且這些垃圾正在全速向着我們的太空船**撞擊**過來！」

馬力全開!

太空垃圾?那是什麼東西?

這時,我們船艦上的科學家費魯斯教授

解釋説:「就是那些漂浮在太空裏的各種各

樣的垃圾!」

布魯格拉點了點頭説:

「確實,我剛才好像也看到

一台廢棄的電機!」

準確地説,那是一台……

機械人提克斯──

船艦上的多用途機械人用

無所不知的口吻更正道:

「準確地説,那是一台舊式

星際電波發射器上的**天線！**」

　　我**擔心地**問：「那我們會有危險嗎？」

　　菲回答説：「如果我們**停下**的話就不會有危險了，所以我已經關閉了船艦的引擎……但是，如果我們要再次前進的話，也許會撞上一些金屬物品，令船艦的船身**受損！**」

　　「那麼我們要在這裏等到這些垃圾飄走之後才能出發嗎？」賴皮問道。

　　費魯斯教授解釋説：「但是，這樣可能要等好幾天，甚至是好幾個星期！」

　　我的宇宙乳酪呀，我得想一個辦法……

這樣可能要等好幾天……

這時，我想起早上和布魯格拉一起去檢查船艦上各個機房的時候，她曾經給我介紹過一座**垃圾處理機**。於是，我說：「我們可以把那些太空垃圾收集起來，然後用船艦上的垃圾處理機把它們**循環再利用**！」

星際百科全書

垃圾處理機

這是一台高科技的機器，能夠分析物件的成分，並且把它們**分解和分類**，使各種垃圾能夠再循環利用。而它所**分解出的**原料經過處理，就可以用來製造日常用品，或是一些金屬產品。

「循環再利用？什麼意思？」賴皮問。

班哲文回答說：「我們在學校曾經學過，與其將大量的垃圾**扔掉**或是堆積，我們更應該好好把垃圾分類，然後利用一些特殊**機器**進行處理，這樣就得出各種原料，可以用來製造**新的產品**或是用作**肥料**！」

「說得真好，班哲文！」我讚賞地說。

費魯斯教授馬上開始埋頭**計算**，過了一會兒，他轉過頭來說：「按照我們船艦上的垃圾處理機的效能來說，如果我們能將垃圾進行分類和處理的話，大約三個星際小時之後我們就可以重新**起航**了！」

馬克斯爺爺高興地拍了拍手爪，然後對我說：「小孫子，真是一個好主意……你看，只要你用心，也不是那麼**笨**嘛！」

爺爺是在誇獎我嗎？這可比星系中最遙遠的拉莫斯星上的山羊乳酪更稀有難得！

我有些受寵若驚地回答說：「嗯……**謝謝！**」

爺爺又繼續說道：「既然你提出了這個富有建設性的建議，那麼還有誰會比你更適合去清理這些**太空垃圾**呢？」

果然，我剛才的想法還是太天真了！

我嘀咕着說：「但是……我有點……」

「這樣吧表哥，我和你一起去！」賴皮自告奮勇地說，「多勞動對我們的身體比較好！」

好？可是每當我一進入太空的無重狀態就會暈眩，怎麼辦？

於是，幾分鐘之後，我穿上了太空衣，進入太空開始清理**垃圾！**

在我和賴皮離開船艦之後，布魯格拉通過我們頭盔裏的耳機對我們說：「你們準備好的話，我就會啟動吸塵器！」

「**我早就準備好了！**」賴皮馬上回答說。

可是我……我還沒有準備好啊！這麼大的吸塵器，該怎麼操作？

在我還沒有弄明白之前，吸塵器的管道已經開始 **左右** 亂擺了，如同一匹脫韁的羅德星野馬！不一會兒，我的身上已經 纏滿 了各種管道，並且腦袋向下了！

賴皮呼喊道：「表哥，抓住把手！」

把手？噢，我沒有看到，真是太粗心了！當我抓起它時，我終於能夠將吸塵器的管子對準太空垃圾了。

但是，接着我一時大意把一隻手爪放在管道的前方，於是我的整個身體幾乎快被吸進去了！

「**賴皮，救命啊！**」我害怕地呼喊道。

幸好，我的表弟及時趕過來，把我拉出來，不然我可能就會被垃圾循環處理機分解了！

倒霉事總是接二連三，沒過多久，有一塊**巨大**的垃圾把吸管堵塞了。布魯格拉只好切換機器的功能來把這團垃圾**吹出來**……這時，因為我沒有及時躲避，於是不幸被一灘**廢棄液體**淋個正着！

我的外太空小行星呀，今天可真是倒霉！

追根溯源！

在完成清理垃圾的工作之後，我和賴皮終於**回到**控制室。

「做得好，你們發揮了團隊合作精神！」菲鼓勵我們道。

然後，她重新啟動了「**銀河之最號**」的引擎再次出發。

費魯斯教授隨口說了一句：「天知道那些垃圾到底是從哪裏飄過來的⋯⋯」

這時，機械人提克斯有些**不耐煩**地回答說：「如果你們能夠多問問像我這樣的天才機械人，你們很快就可以得到答案了！然而，你們就只會依賴那個虛擬的**老鼠頭**！」

語音剛落，全息程序鼠就突然**出現**了，它高聲**叫道**：「你居然敢這樣説我？要知道我可是能夠在一秒鐘之內完成749次運算！」

「但是你還是不知道這些**垃圾**是從哪裏來的，不是嗎？」

這時，賴皮出面勸止這兩個機器，它們總是整天在爭論到底誰才是更先進的人工智能。

當它們**平靜下來**之後，我問道：「提克斯，你知道這些垃圾是從哪裏來的嗎？」

你居然敢這樣説我？

老鼠頭！

機械人提克斯**一臉自滿**地看着我回答
說：「當然！它們是從清澈星飄來的，艦長先
生！其實很容易理解，只要看看外面那些**金
屬**零件就知道了！」

只要看看外面？看着我們一個個疑惑的表
情，機械人提克斯用他那慣常的**無所不知**
的口吻說道：「在我的記憶體裏，儲存了整個
星系裏所有機械部件的產地清單：那些零件
肯定是來自清澈星的！」

賴皮叫道：「那麼，其他的垃圾也是來自
那顆行星吧……我的宇宙乳酪呀，真是一個大
大的**污染源！**」

過了一會兒，費魯斯教授確認說：「他說
的沒錯，我剛才簡單計算了一下這些垃圾的飛
行軌跡和清澈星的位置，發現數據完全吻合；

而清澈星就在距離我們不遠的地方，只需幾個**星際分鐘**就可以到達了！」

「嗯⋯⋯好吧！」我說道，「看來那顆行星在垃圾處理上似乎有些**問題**！但是不管怎麼說，如果你們不介意的話，我們都去睡覺吧，時間已經不早了，明天⋯⋯」

「明天我們去**清澈星**！」馬克斯爺爺打斷我說，「這樣往太空中**亂扔垃圾**的行為是完全不能接受的！整個星系是屬於這裏所有居民的，所以大家都有義務維持環境**清潔**！」

我嘀咕着說：「當⋯⋯當然，但是我們不是已經打掃了嘛⋯⋯」

「這個不是重點！關鍵是要弄明白那裏到底發生了什麼事，不是嗎，**艦長**？」

呃⋯⋯當爺爺心意已決的時候，大家最好還是不要反駁他！而且，布魯格拉也在一邊點頭同意。

明天我們出發去清澈星吧！

布魯格拉說：「艦長先生，事實上那些太空中漂浮的垃圾對於其他船艦也有可能造成**威脅**！所以我們最好還是做點什麼！」

於是，我終於下定決心宣布說：「太空鼠們，明天我們出發去**清澈星**吧！」

宇宙聞名的閃亮城

如同一個**木星番茄**的成熟期一樣準時，所有「銀河之最號」上的船員於早上七點在控制室裏整裝待發。

我清了清嗓子，下令説：

「以星際音速前進！

目標：清澈星！」

當我們接近目的地的時候，菲不得不減慢速度，來避開宇宙中漂浮着的各種大大小小、不同體積的**垃圾**。

我稍稍**打了個盹**（因為實在是太睏了），不久，班哲文跑來對我説：「叔叔，

已經可以看到那顆行星了！你看，**好奇怪呀……」**

我馬上從控制室巨大的玻璃舷窗向外看去。

清澈星的一半十分**光鮮亮麗**，而另一半則被一些**綠色的霧霾**籠罩着……

「真是奇怪！」我說道，「全息程序鼠，你有這顆行星的詳細資料嗎？」

電腦回答說：「一半的星球上居住着清澈星人，而根據記錄另一半**無人居住**。清澈星人以愛乾淨，禮貌和善而聞名。」

我這才放心地**舒了口氣**，說：「總算這次的任務不會太麻煩！」

不一會兒，菲通知説：「船艦抵達了安全距離！探索小艇已經準備好，可以隨時**着陸**，我已經通知了清澈星人我們的探訪計劃！」

「很好！」我説道，「賴皮和菲，你們去換上探索**任務**的行動服裝！」

班哲文和潘朵拉問道：「我們可以一起去嗎？在學校裏，我們有學習過關於清澈星首都**閃亮城**的資訊，聽説那裏是一個非常高科技的地方……我們很想去看一下！」

我看着小姪子和他的好朋友：他們是如此**雀躍**！考慮到這次任務的危險性不大，於是我回答説：「好的！但是你們得答應我必須一直和我們待在一起！可以嗎？」

「**當然可以，叔叔！**」孩子們異口

同聲回答說。

「很好，看來所有鼠已經準備好，可以……」

這時一把冷冷的**機械聲音**打斷了我，說：「艦長先生，你該不會把我忘記了吧？」

我回過頭來，只見到機械人提克斯正看着我，頭頂上**冒着煙**……

我的宇宙乳酪呀，**它空氣了**！

「是我告訴你們那些太空垃圾的來源的，我想我也應該一起參加這次任務！」

「嗯……提克斯，你也一起來吧！」

於是，我們一起登上探索小艇，駛向**閃亮城**！

太尷尬了！

閃亮城是一座非常奇妙的城市：所有的建築物看上去都是亮晶晶的，街道上燈火通明，各種各樣的招牌五彩繽紛⋯⋯所有的東西都在我們的腳下**閃耀着**⋯⋯在我看來，這似乎有些過於浮誇了！看來要想好好地看一下這座城市的話，我得戴上**太陽眼鏡**才行！

在俯瞰了城市的全景之後，我們就緩緩駛向停泊埠。在那裏，清澈星人早已準備迎接我們：地上鋪上了獵戶座華麗的**絨地毯**，有些外星人舉着**旗幟**和徽章，另外在一張漂浮着的桌子上放滿各種**外星糖果！**

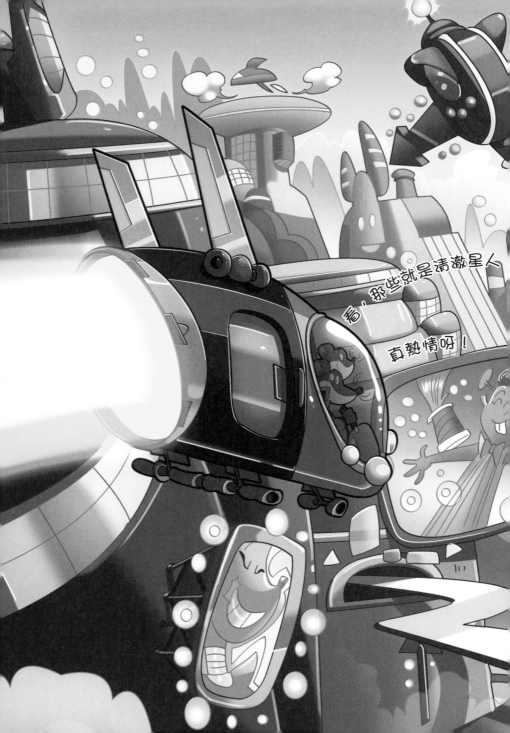

當我們甫着陸，一位身材高挑，穿着一身高貴禮服並且噴了天馬座玫瑰香水的外星人就迎上來，說：「我是這裏的國王閃亮王，歡迎來到清澈星，親愛的朋友們！」

說實話，對於這種迎接的方式我感到有些尷尬，不過我還是盡量以平靜的口吻感

謝他説：「謝謝！我叫*謝利連摩・史提頓*，是『銀河之最號』的艦長，那裏是**太空鼠**生活的地方……」

正在這時，賴皮突然在我的耳邊悄聲**說道**：「噓……啫喱，你在這裏負責應酬，我們先去**吃點**東西，好嗎？」

我還沒來得及回答，表弟轉眼間已經迅速 **跑到** 桌子去，把伸手可及的食物塞進嘴裏，而班哲文和潘朵拉則緊隨其後！

我的臉刷地一下如同天王星番茄一樣紅，結結巴巴地說：「**嗯⋯⋯ 請⋯⋯ 請原諒，可能是因⋯⋯因為旅途太遙遠的關係⋯⋯**」

國王微微一笑說：「沒關係的！對了，是什麼風把你們吹來了呢？」

菲上前一步回答說：「我們在太空巡航的途中遇到大量漂浮着的垃圾羣，差點撞壞我們的船艦，按照情況判斷，這些太空 **垃圾** 好像是來自你們的星球⋯⋯請問你們知道些什麼嗎？」

聽到這話之後，國王臉上的笑容一下子僵住了，他用 **乾澀** 的聲音說：

「我不知道你們在説些什麼，但是閃亮城是整個銀河系裏最乾淨和整潔的城市！」

我的太空小行星呀，我的説話冒犯了他，令他**生氣**了！

於是，我趕緊打圓場説：「我們絲毫沒有質疑這座城市的衞生狀況！我們只是想弄明白那些垃圾的來源而已，我們注意到這顆星球的另一半被一種**綠色的**霧霾覆蓋着。」

「那一半星球完全是無人居住的！你們不用操心那裏！現在，我的女兒**亮晶晶**會帶你們參觀一下我們的城市。」國王長話短説道。

這時，一位打扮非常高貴的外星人上前一步，只見賴皮頓時停止了**吃東西**，呆呆地看着她！

亮晶晶用甜美溫柔的聲線說：「能夠帶你們去參觀這座城市是我的**榮幸**……如果你們準備好的話，我們現在就可以出發了。」

「**我……我們這就來！吧唧！**」賴皮一邊說，一邊將手爪裏的食物塞進嘴裏。

真是太失禮了！

不過，令人感到意外的是，那些外星人好像對這個景象感到有些高興……

國王向我們告辭，說：「太空鼠們，待會兒再見。讓我給你們一個**忠告**：別在浪費時間追查那些垃圾了，與其這樣，不如找人陪你們去商店裏買些新款的太空服飾吧……或許這正是你們所需要的！」

我看了看自己身上的太空衣，有些**猶豫**：雖然我的太空衣看來確實有點舊，但它仍是狀

態良好……而且這套衣服是我**最喜歡**的！

國王說罷，就拍了拍手：很快，一個**機械人**出現了，然後它迅速吸走地毯和桌子上殘留的食物進行清理！

班哲文驚叫道：「叔叔，他們竟然把這些東西和食物全部扔掉了！」

我的宇宙乳酪呀，真是太浪費了！

太浪費了！

最閃，最亮，最乾淨！

很快，我們開展了探索 **閃亮城** 之旅，亮晶晶帶着我們走在一條貫穿整座城市的主要大道，只見在兩旁矗立着不少華麗的建築和 **紀念雕塑**。

亮晶晶 解釋說：「……再向前走，你們就可以看到我的爺爺雷吉納多・閃耀王的雕像了。」

當我仔細觀察那尊鑲滿各種珍貴寶石的 **豪華** 雕像時，突然瞥見在附近的角落裏好像有一個 **骯髒** 且 **生鏽** 的小機械人……我的宇宙乳酪啊，這怎麼可能？

在**清澈星**上的所有東西不都是光潔如新的嗎？

當我打算跟上那個機械人一探究竟的時候，賴皮打斷了我的思緒，他說：「啫喱，我受不了啦，這裏所有的雕像全部都差不多！」

我對着表弟說：「噓！再稍微忍耐一下⋯⋯」

在旁的亮晶晶聽到我們的對話，不過她絲毫沒有生氣，相反，她微笑着説：「賴皮説得沒錯，我們別看這些無聊的雕像了！我帶你們去一個更有意思的地方參觀吧！」

表弟點頭説：「小姐，你決定，我們就跟着你！」

於是，幾分鐘之後，我們來到一幢非常高，閃亮璀璨，設計新穎，而且一塵不染的華麗建築前！

亮晶晶帶着我們來到大樓的入口處，自豪地説：「歡迎來到星系裏最大的商場——超級銀河商店！在這裏你們能夠找到來自銀河系每個角落的最新商品！」

我的宇宙乳酪呀，這個地方佔地很廣，非常寬廣，整座商場簡直大到無法形容！

這裏到處都是林林總總的店舖，櫥窗裏陳列着琳瑯滿目的服裝、食物和其他各種各樣的物品。有很多打扮*高貴的*清澈星人在這裏出出入入，人潮絡繹不絕。

　　賴皮看得目瞪口呆，**吃驚地**問道：「怎麼會有這麼多店舖？」

　　亮晶晶非常優雅地回答說：「我們清澈星人喜歡換新衣服、新家具、新電腦、新船艦……我們喜歡所有**嶄新**的東西！」

　　菲問道：「那你們那些舊的物品是怎麼處理的呢？」

　　「哦，我們當然會把它們都**扔掉**！我們這裏沒有人喜歡舊的東西……」

　　正當亮晶晶在說話的時候，我看到一個外星人提着購物袋**走出**一家商店，他便隨手扔掉自己身上的外套，穿上了剛買的新衣服！

直到這時我才**注意到**，在這個商場裏隨處可見垃圾桶，同時不斷有各種小型**清潔機械人**在忙於清理那些清澈星人棄掉的垃圾。

誰知道他們會怎麼處理這些垃圾呢……嗯……

正當我轉頭準備問亮晶晶的時候，看到她正帶着賴皮前往一家訂製衣服的商店。

「我覺得一些色彩更鮮艷的新衣服會更適合你！」一位**外星人**對我的表弟說道。

而班哲文和潘朵拉則興奮地一邊跑向一家電玩店，一邊高呼着：「一會兒見，啫喱叔叔！」

菲呢？她去了哪裏？我四下張望，這才看到她正**走進**一家太空艇的商店，興致勃勃想

要去看一些最新款的太空艇！

接着，機械人提克斯在一家售賣機械人配件的店裏和一位店員爭論起來⋯⋯也許它想要爭取到最優惠的價格吧！

就這樣，只剩下我一個鼠⋯⋯我能做些什麼呢？於是，我也只好去瀏覽購物中心的全息地圖。

當我瞥見地圖上顯示「七樓：書店」的字眼的時候，我的眼睛發亮了！

我的宇宙小行星呀，我得馬上去看一下！

可疑的小機械人……

在商場裏，我乘坐扶手電梯一層層**向上**走去（幸好在清澈星沒有噴氣電梯！）。就在我快要到達七樓的時候，我透過**玻璃**似乎看到什麼東西飛快地從空中飛過。

「**真奇怪，**」我心想，「不知道是什麼東西……」

砰砰砰砰砰！

我的宇宙小行星呀，痛死我了！

原來，我只顧四處張望，沒有注意到扶手電梯已經到達盡頭了，於是狼狽地摔倒在地上！

我從地上爬起來的時候，看到一個**鏽跡斑斑**而且**髒兮兮**的小機械人躲在一個花瓶的後面……我的宇宙乳酪啊，這不就是我早上在城市主幹道上看到的那個機械人嘛！

　　只見那個機械人立刻準備逃跑，但是我一下子緊緊**抓住**它，隨即問道：「你到底是誰？為什麼和別的機械人不一樣？」

　　機械人回答說：「我是一個間諜機械人！我**跟蹤**你們是為了弄明白你們到底是朋友還是敵人！」

　　「敵……敵人？誰的敵人？」

哇呀！

機械人激動地回答說：「我們都是被人當作垃圾棄掉的**機械人**！我們已經準備好**進攻**了！很快，清潔星人就會明白他們遺棄我們是一個錯誤的決定。他們把我們堆在這個星球上骯髒的那一半地方，現在他們甚至用那台**星際垃圾投射機**將我們統統扔到太空裏去……」

「什麼……投射機？」

「你可以去頂樓看看我在說的是……」

就在這時，另一個大型的清潔機械人突然靠近過來，用冷冰冰的**機械聲音**呼叫：「發現Z級廢棄機械人，立刻進行清除！」

說完，它就把小機械人吸進去。

接着，它轉向我說：「發現污染物！立即進行**消毒**處理！」

我還沒有來得及移動一下手爪，我就被它從上而下噴上了一團白色的**泡沫**，然後，

滋滋滋！

一股**熱氣**撲面而來把我吹乾，最後機械人對我說：「祝你有愉快的一天，先生！」

我的宇宙乳酪呀，到底發生了什麼事？

怎麼突然出現了一個奇怪的小機械人，然後又來了這個「消毒」機械人……

我被它們弄得頭暈轉向了！

突然，我的腦海裏閃過了剛才那個小機械人在被吸走之

前對我說的話：「你可以去頂樓看看」。

於是，我便來到頂樓的觀景台看看機械人的話是否真確，從這裏可以盡覽整座城市的全景。起初，我並沒有意識到什麼**奇怪的**地方，但是，當我走近放在那裏用來看**閃亮城**的望遠鏡，從裏面看去的時候，眼前的景像真讓我倒抽了一口涼氣。

只見在遠處矗立着一台巨大的**投擲**機器，正在不停地往太空投擲大量的雜物……這一定就是那個小機械人口中所說的**星際垃圾投射機**了！

我的宇宙乳酪呀，看來我們之前的推斷沒有錯：那些清澈星人正在不斷向太空中亂扔垃圾！

我得趕緊回到伙伴們的身邊，把這個**重大發現**告訴他們！

當我來到一樓的時候，首先遇見的是機械人提克斯。

「**艦長先生！**你看我新買的天線！雖然我議價了很久，但是……」

「嗯……是，真不錯！」我打斷它說，「你有看見其他太空鼠嗎？」

這時，菲從一家商店裏**探出頭來**說：「在哪裏呢？」

「叔叔！」一把年輕的聲音在我的身後叫道，「快看我們**贏了**什麼！」

孩子們對着我揮了揮手爪上最新熱賣的**電玩遊戲**。

「嗯……好，幹得不錯！現在只差賴皮了！」

「**我來了**，表哥！你看，我怎麼樣？」

我轉過身來，只見賴皮穿着一身設計時尚、最新款式的金色**太空衣**。

好看嗎？

「嗯……你穿着這身太空衣看上去很好看！**亮晶晶**在哪裏？」

「她好像去買新鞋子了，其實她今天穿的鞋子是昨天剛買的，但是她說今天的*流行*款式已經變了……」

趁着國王女兒不在的這個時間，我把剛才發生的和我在頂樓觀景台上看到的所見所聞告訴大家。

在我說完之後，菲氣憤地說：「這真是讓我感到噁心，不僅僅是因為亂扔垃圾的問題，而是那個國王竟逃避責任，並對着我們說謊，現在我一定要找尋出整件事情背後的真相……」

私自行動

　　當亮晶晶帶着她新買的四雙鞋子**回來**之後，我們也展示了自己的戰利品。

　　她紅着臉説：「我就知道你們一定會**喜歡**這裏的，因為沒有人能夠抗拒購物中心的吸引力！但是現在恐怕我們得趕緊回皇宮了，如果我們遲到的話，我的爸爸會**生氣**的⋯⋯」

　　我打斷她説：「**請問一下**，我們能不能再逛一會兒？我可不想再穿着這身**皺巴巴**的太空衣見國王⋯⋯」

　　「當然，艦長先生！我之前沒膽對你直

說，這件衣服真的應該馬上扔掉了！請跟我
來，我認識一家商店……」

菲立刻**心領神會**地說：「沒關係，我
陪他去吧，因為……嗯，我比較了解他的喜
好！」

賴皮補充道：「我和孩子們正好打算去
吃點甜品！要不你和我們一起來吧，亮晶晶
小姐？」

「哦，當然很樂意！那我們
就過一會兒在這裏見吧！祝你們
購物愉快！」

當國王的女兒轉身之後，我
和菲立刻**趕往**我們的探索小艇
停泊的位置。

祝你們購物愉快！

就在我們快要抵達的時候，一個外星人**衛兵**擋住了我們的去路，說：「站住，太空鼠！沒有國王的允許，你們不能登上探索小艇！」

我的太空乳酪呀！現在該**怎麼辦**？

但是，菲仍然保持鎮定：

站住！

啊！

「**請幫幫忙**⋯⋯我們得**趕緊**回到我們的船艦接一些朋友過來！你們的購物中心實在是**太漂亮**了，她們都急切盼望着想要來購物！」

衛兵嚴肅地回答說：「很遺憾，但是我不能讓你們通過！」

　　菲繼續說道：「我想如果國王知道你**拒絕**太空鼠客人帶朋友來購物這要求的話，他一定不會高興的⋯⋯我聽說清澈星人熱情好客，是**全宇宙**第一的，但看來似乎不是這樣⋯⋯真是太讓鼠失望了！」

　　「哦，嗯⋯⋯我⋯⋯」

　　在**猶豫**了一會兒之後，衛兵終於讓開了，他說：「好吧，請過去吧！」

　　太好了，菲和我終於成功蒙混過關！

　　我們立刻駕駛探索小艇起飛離開閃亮城，向着行星上被**綠色**霧霾籠罩着的區域飛去。

　　在地平線上，漸漸出現了一些黑色山脈的輪廓，周圍都是灰濛濛的⋯⋯

咕吱吱！這個景象真是讓鼠感到不寒而慄！我們越是接近那裏，事情的真相就越明確：那是一個巨大的**垃圾堆填廢墟！**

我們放眼望去只見四處盡是各種各樣的廢棄**垃圾**：金屬部件、電腦、服裝、家具、機械人、太空船艦，還有其他各種物品⋯⋯

菲搖着頭說：「他們怎麼這樣對待自己居住的星球啊？這裏的污染嚴重，一片**孤寂！**」

過了一會兒，我注意到在探索小艇下似乎

有些**動靜**，於是我叫道：「菲，快啟動望遠鏡！」

在探索小艇的**屏幕**上，我們看到有幾十個……不，說錯了，幾百個，甚至上千個機械人正向着城市的方向**前進！**

我的妹妹説道：「這……怎麼可能？看上去好像這些廢棄的機器變得活生生的！」

　　這時候我的腦海裏，**突然**想起了那個機械人的説話：「我們已經準備好**進攻**了……很快那些清澈星人就會明白……」

我的維嘉星月亮呀！

　　「菲，我擔心這些廢棄機械人打算向城市反擊。」我擔心地説。

　　「我想也許你説的是對的！我們得**趕緊**回去通知國王！」

站住，太空鼠們！

　　我們立刻全速趕往閃亮城，但是當我們剛下探索小艇的時候，皇家守衛隊的**隊長**就出現在我們面前對我們說：「太空鼠們，我現在按照國王的命令**逮捕**你們，原因是你們擅闖禁區！」

　　「**逮……逮捕？**可是我們有重要的消息要……」

　　「住嘴！」衛兵喝令道，「跟我們過來，我們現在得把你們帶去皇宮！」

我的宇宙星塵啊！

這下可糟糕了！

我們被關在皇宮裏了！

在我們走在路上的時候，趁着守衞不注意，我打開手上的**腕式電話**並呼叫賴皮：「**滋滋滋**⋯⋯表弟，我們被抓住了！你們現在在哪裏？」

他很快回答道：「**滋滋滋**⋯⋯啫喱，我們被**關在**皇宮裏！國王發現了你們偷偷駕駛探索小艇去**探索**另一半星球的事情！」

我解釋說：「我們看到有許多廢棄的機器組織成軍隊要**佔領**城市⋯⋯」

這時，一陣嘈雜的呼喊聲嚇了我一跳⋯⋯

我轉頭一看，只見到**清澈星人**正在拔腿逃跑⋯⋯**哇，不好了！**那些廢棄機械人已經進入城市了！

我看到遠處有一台 **生鏽的** 機械人正在朝着牆壁上噴**機油**⋯⋯

更遠處，一輛破舊的垃圾**運輸車**不停地把垃圾**到處**亂灑。

另外，還有一個由各種家用電器組成的機械人正在發出各種高頻率的聲波，把房屋的玻璃**震碎**！

這時，突然一個巨大的**影子**把我籠罩着……我回過頭來，看到一台巨大的廢棄機械人正邁着大步向前走……

我的宇宙流星呀，現在該怎麼辦？

就在機械人的腳快要踩到我的時候，菲奮力飛身一躍把我拉到一邊，拯救了我。

我站起身來，渾身發抖……剛才好險，我差點就**性命不保了**！

「謝謝你，菲！要不是你及時幫忙的話，我可能就像麵包上的牛油一樣被壓扁在地上了！」

她朝着我**擠了擠眼睛**，然後驚訝地說：「唏，那些衞兵呢？」

我回答說：「他們落**落荒而逃**……可能是太害怕了吧！」

「好！現在我們可以自由行動去皇宮了，因為那些廢棄機械人已經趕往那裏了！」

不過，當我們到達皇宮的時候，那裏的大門已經敞開了……

啊，不好了！那些機械人行動迅速，已經搶在我們之前來到了！

我們來遲了！

啊，不好了！

咕喱，你終於來了！

在經歷了廢棄機械人兵團的衝擊之後，整座皇宮變成一片頹垣敗瓦，幾乎**毀於一旦**，到處都是碎玻璃，被毀壞的雕像⋯⋯情況猶如經歷過龍捲風侵襲一般！

菲嘀咕着説：「這裏一個人也沒有⋯⋯我們的伙伴們在哪裏呢？」

正在這時，我們聽到一些奇怪的聲音從樓上的一個房間裏傳來，於是我們沿着樓梯走上去，看見一個衛兵被一些電線綑綁起來。

在我們給他鬆綁的時候，菲問道：「這裏到底發生了什麼事？」

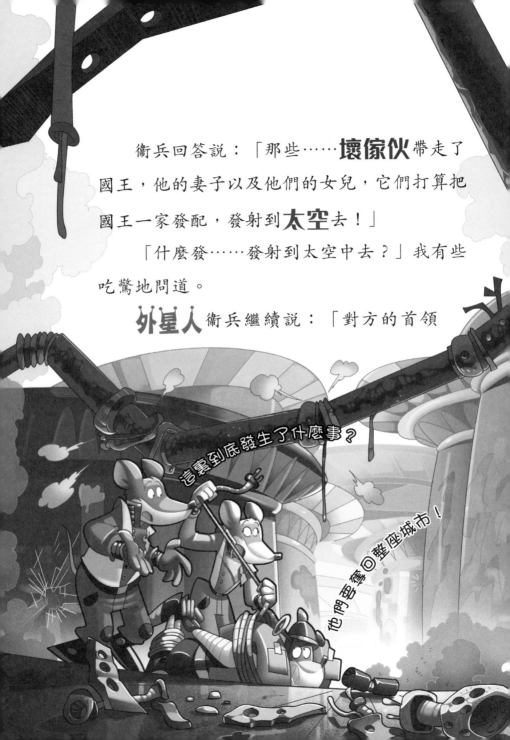

　　衛兵回答說：「那些……**壞傢伙**帶走了國王，他的妻子以及他們的女兒，它們打算把國王一家發配，發射到**太空**去！」

　　「什麼發……發射到太空中去？」我有些吃驚地問道。

　　外星人衛兵繼續說：「對方的首領

這裏到底發生了什麼事？

他們要搶回整座城市！

原本是國王的個人電腦機械人……它們要**奪回整座城市**……」

　　嗯……現在整件事情變得非常清楚了：那些**機械人**不希望被這樣扔到太空中去，而是想要回到**閃亮城**生活！

　　菲轉身對衛兵說：「我們首先要拯救其他的太空鼠，然後我們會幫助你們！」

　　他只好相信我們，說：「你們的伙伴們被關在皇宮的地下倉庫，**請跟我來！**」

　　於是，我們一起往地下走，來到一扇巨大的金屬門前。衛兵輸入了一串**密碼**，大門隨即打開了……我的伙伴們都在這裏！

　　班哲文和潘朵拉立刻跑過來抱住我的脖子，說：「叔叔，能見到你真是太好了！」

　　「啫喱，你**終於**來了！」賴皮喊道，「時間已經不早了，我的肚子餓了！」

「表弟，我想你可能還得等上一陣子才能**吃飯**了……外面已經翻天覆地了！」

機械人提克斯有些**不耐煩**地說：「我已經知道整件事情的經過了！多虧了我新買的天線，我接收到那些入侵機械人之間的對話……」

菲趕緊問道：「**是真的嗎？**它們說了些什麼？」

機械人提克斯說道：「所有的機械人和那些被拋棄的家用電器均認為它們仍能好好運作，不應該落得被隨便丟棄的下場！」

我的宇宙星系呀，正如我之前所想的那樣！那些已經被拋棄了的「垃圾」希望繼續發揮功用！

但是，我還有一點不是很明白，於是我問

道：「那些發動攻擊的機械人是它們自行在廢墟中創造出來的嗎？」

「當然！清澈星人曾經扔掉過許多能力很強的工匠機械人，那些機械人利用廢棄的零件造出其他機械人……要知道我們機械人可是很聰明的！」

菲分析道：「看來現在真相大白了……我們已經沒有時間了！我們得趕緊去星際垃圾投射機那裏阻止

那些機械人！」

衛兵將我們**帶到**皇宮的停泊埠，那裏停泊着一輛嶄新的**皇家豪華飛艇**。

看着這艘超級豪華，但是**超級迷你**的飛艇，我為難地說：「可是……我們那麼多鼠實在擠不進去呀！」

賴皮拉住我並一把將我塞進去，說：「表哥，別再抱怨了！稍**微擠一下**就好了！」

咕吱！

飛艇抖起來了！

準備發射！

當我們**飛越**城市上空的時候，我們看到經過那些廢棄機械人的洗禮之後，整座城市已經不再像之前那樣乾淨和閃亮了。

「它們在那裏！」過了沒多久班哲文突然高呼，這時**星際垃圾投射機**已經出現在我們的視線裏。

在那裏周圍聚集了**幾十個**，不不，**幾百個**，不不，是**幾千個**廢棄的機械人！

我們將飛艇停在一處小山丘上，然後在**機械人**叢中擠出一條道路來，可幸的是，它們全部都專注地看着投射機，因而並沒有注意到我們⋯⋯

嗯⋯⋯⋯⋯

有看到什麼嗎？

在前進的途中，我**什麼也看不見**：因為那些機械人全都比我**高大**得多呢！

我忽發奇想，問道：「賴皮，不如你把我扛在肩上吧，這樣我才能**看清楚**前面的情況！」

「好，你上來吧！」賴皮說。

然而，即使我坐在他的肩膀上，我依然**什麼也看不見**！

於是，我說道：

104

「班哲文，快坐到我的肩膀上來！」

我的小姪子**靈活地**爬到我的肩膀上，環顧四周，然後驚呼道：「那些機械人正在把國王和他的家人押解到垃圾投射機上！」

我馬上高呼：「快跑，表弟，我們得趕在投射之前**阻止它們！**」

我們冒着摔下來會被機器踩成**乳酪**的危險，在機械人中拼命向前擠，好不容易終於來到投射機的位置。只見機械人首領準備下令發射，我們趕緊呼喊說：「**等一下，你們不能這麼做！**」

機械人**首領**走近我們，對我們打量一番，它有些詫異地說：「哦，原來是今天早上見到過的那些**小小外星人**啊！我們之前已經失去你們的行蹤！你們到底是誰？來這裏做什麼？」

105

我回答説：「我們是**太空鼠**，來這裏是為了追查那些在太空中漂浮的那些垃圾到底是從哪裏來的……」

機械人首領解釋説：「一切都是國王的錯！就是他發明了這台垃圾投射機。**清澈星人**不斷隨意丟棄各種物品，包括我們機械人，只為了能夠在第一時間換上最新的款式，他還把在這顆星球上製造出來的垃圾全部都投向太空！我曾經為國王服務過幾個月，他最終還是把我當普通垃圾一樣給**扔掉**了，只因為推出了新款的**水底**機械人。」

一切都是國王的錯！

機械人首領停頓了一下，然後看着我大聲喊道：「你們明白這到底有多可笑嗎？」

　　我一臉不解地看着它，其實我並不是很明白……

　　它歎了口氣說：「在清澈星上沒有**海洋**，沒有**湖泊**，沒有**河流**……所以你覺得要一個可以下水的機械人有什麼用途呢？」

　　「啊，當然……」我嘀咕着說。

　　它繼續說道：「這裏所有的機械人都有着和我相似的遭遇，你們說對嗎？」

　　一個由太空船**零件**組成的機械人說：「我的主人拋棄了我，只是因為他不再喜歡我的**顏色**！」

只是因為他不再喜歡我的顏色！

「而我被拋棄的原因是新推出的款式比我的**屏幕**大了僅僅兩個星際毫米！」另一個機械人哀愁地說。

我的主人拋棄了我！

「嗯……」我回應說，「你們說得沒錯，但是你們如果只會以暴易暴的話，這根本無法解決問題！」

「**這不重要！**」

機械人首領回答說，「從今以後，這個星球就由我們來做主！」說罷，它下令說：「**準備發射！3，2，1……**」

F2-C7……真是意外啊！

我用 手爪 蒙住了自己的雙眼，不敢看國王和他的家人的下場，正在此時，傳來了呼叫聲……

「表弟！我簡直不敢相信這是真的！」

這是……**機械人提克斯**的聲音！

「真的是你嗎？太意外了！」**機械人首領**回答說，停止了倒數。

我重新張開雙眼，只見到兩個機械人緊緊相擁，從各個部件連接處擦出零星**火花**。

我的宇宙流星呀，它倆認識的嗎？

「所以你最後沒有**被處理成廢鐵**？」

機械人首領用難以置信的眼光看着機械人提克斯問道。

「沒有，我在『**銀河之最號**』上工作，一切正常！」它回答說，「偷偷地告訴你，其實我比我們艦艇上的主電腦還要先進得多呢！」

機械人首領驚呼道：「你可真是幸運！」

接着，**機械人提克斯**問道：「那你怎麼會在這裏的？」

首領回答説：「我原本在國王的家裏工作的，但是僅僅過了六個月的時間，他們就買了**新機械人**來取代我。在這個星球上，那些外星人總是不停地隨意丟棄東西，所以最後我們決定**反擊！**」

「我明白了！」機械人提克斯説，「但是我想也許還有一個解決方法……」

兩個機械人不停地説着，而我和往常一樣，**聽不明白，一頭霧水！**

我走近它們問道：「嗯……不好意思，提克斯……你可以告訴我一下，你們到底在説些什麼嗎？」

提克斯有些**激動地**驚呼起來：「哦，對

不起，史提頓艦長先生，我忘記介紹了！這位機械人首領是**F2-C7**，也是我的機械人表弟！」

「機……機械人表弟？」我吃驚地問道。

「是的，我真正的名字並不是機械人提克斯，而是F1-C7，我們兩個是在同一年被製造出來的，然後當我到『銀河之最號』上工作之後，我就失去了它的消息……」

「而現在我們終於重聚了！」機械人首領高興地說，「順便說一句，F1-C7，哦，是**機械人提克斯**，你剛才是說有一個好主意來解決這件事情嗎？」

「啊，是嗎？什麼主意？」我好奇地問道。

「使用你們船艦上的**垃圾處理機**！」

「對啊，垃圾處理機！**布魯格拉**發明這個機器就是專門用來**處理**垃圾的！」

機械人提克斯解釋說：「我對表弟建議說，我們可以把垃圾處理機帶來清澈星處理這些垃圾，這樣這些外星人就不用再往太空中亂扔東西了，而且所有的垃圾將得到回收，循環再用，獲得新生！」

我表揚機械人提克斯道：「太好了！這簡直是一個完美的好主意！」

接着，我轉向機械人首領說：「現在你們得先把國王放下來……我可不想有人誤按下**發射鍵！**」

清澈星新紀元

機械人們終於將國王、他的妻子和女兒從垃圾投射機上放了下來。

「謝謝你們的幫忙！」國王激動地說道，「要是沒有你們太空鼠，簡直不敢想像我們最後會怎樣！」

賴皮說：「很簡單……你們會被扔進**太空**裏！」

亮晶晶張開雙臂緊緊地抱住我的表弟說道：「**你是我的英雄！**你和伙伴們拯救了我們！」

國王抱歉地說：「嗯……對於之前對你們的質疑，我要跟你們致歉！由於你們當時違反了我國的法律，擅自前往這顆星球黑暗的一半

朋友！

區域**探險**，我以為你們可能會做出一些**可怕的**事情來……」

亮晶晶興奮地說：「爸爸，我就告訴過你，太空鼠們是我們的**朋友！**」

「當你哪天成為女王的時候，你就會明白為了你的人民，你得時刻保持警惕！不過，這次你是對的，我應該**相信**你，那現在我能夠做些什麼來彌補我的過錯呢？」

我說道：「比如，你可以儘快解決垃圾的**問題！**」

國王說道：「可是……要是不用**星際垃圾投射機**的話，我還能怎麼辦呢？我們發

明這個東西專門就是用來處理垃圾的！」

菲說道：「你們把垃圾扔到太空裏，這樣**污染**太空可不是正確的做法。首先你們得盡可能延長你們使用物品的時間，然後你們得把垃圾進行**回收處理**！」

「回收處理垃圾？嗯，可以啊……可是應該怎麼做呢？」

菲解釋說：「在我們的**船艦**『銀河之最號』上，我們製造了一台機器，能夠給**99.8%**的垃圾進行回收和處理，這樣我們就不用往太空裏扔垃圾，哪怕是一小塊乳酪！」

我接着說：「我們已經對機械人首領**承諾**說可以把這台**機器**借給你們，讓你們對整顆星球進行徹底的清理。這樣你們就能夠讓垃

圾獲得新生，並不用再污染太空了。」

　　國王吃驚地看着我，然後微笑着說：「史提頓艦長，這確實是一個很好的辦法！」

　　然後，他轉向F2-C7說：「對於之前想都沒有想就拋棄你的做法，我感到非常抱歉……既然你對於其他的廢棄機械人都很熟識，我想任命你為垃圾回收處理負責人，你覺得怎樣？」

我感到非常抱歉！

我們這就開始回收處理垃圾吧！

「遵命，陛下！如果你允許的話，我們馬上就可以開始工作！」

我的宇宙星系呀……看來我們又一次給朋友解決了一個難題！

看到大家都那麼熱情高漲，我立刻接通**腕式電話**呼叫「銀河之最號」。

布魯格拉接聽電話：「請說，艦長先生！」

「嗯……滋沙啦……我……」

「史提頓艦長？我聽不清楚你的說話！」

咕吱吱！和往常一樣，我只要和布魯格拉說話，我就會不知道該說些什麼了！

幸好，這時賴皮過來幫我解困，說：「艦長的腕式電

謝利連摩艦長？

話可能信號接收不太好！他想要請你準備一下，把垃圾處理機**運送**到清澈星……這裏有一些**垃圾**問題急需處理！」

布魯格拉回答說：「收到！」

就這樣，清澈星開始邁入一個新的紀元，大家努力學習**愛護**環境和重視每一件物品的價值！

在我們回「銀河之最號」之前，閃亮城
為我們舉辦了一場盛大的歡送活動，所有的
居民和廢棄機械人都前來參加了，場面真
是盛況空前！

終於到了告別的時刻：機械人提克斯和他的表弟**F2-C7**相約在兩年後再見，而**亮晶晶**說服了賴皮，當他那套新買的太空衣破了之後，就會再次回到清澈星。

　　最後，清澈星人堅持要給我一份**禮物**以表示感謝，所以我得到閃亮星的**最高榮譽**：一尊雕像（當然是用回收得來的金屬來製作的！），他們將會把我的雕像放在城市的**主幹道**上，就在前任國王雷吉納多·閃耀王的雕像旁邊！

我的宇宙乳酪呀！這真是至高無上的榮耀啊，伙伴們！

在**任務圓滿**完成之後，我們太空鼠們再次回到「銀河之最號」上。現在整個太空將會回復潔淨，而我，則將把**清澈星人**的故事寫進我的書裏。然後……嗯……真可惜那一頓晚餐沒有吃完……不知道我什麼時候才能夠**鼓起勇氣**，再次邀請那位美女鼠共晉晚餐呢？而這個，親愛的朋友們，將會是另一個冒險故事了！……噓！

Geronimo Stilton
星際太空鼠

我是謝利連摩艦長！
菲，快報告
在外太空的探索情況！

報告艦長！……我是菲。

你被耍了！表哥！

哇啊！！！

哈哈哈！整個宇宙是我的！

親愛的老鼠朋友，

你們喜歡讀星際太空鼠的冒險故事嗎？

請大家期待我下一本新書吧！